A Ilha dos Despropósitos

Texto
Rao Machado

Ilustrações
Fernando Sena

A Ilha dos Despropósitos

Saíra
EDITORIAL

Copyright do texto © 2023 Rao Machado
Copyright das ilustrações © 2023 Fernando Sena

Direção e curadoria	Fábia Alvim
Gestão editorial	Felipe Augusto Neves Silva
Diagramação	Luisa Marcelino
Revisão	Karla Nesos

Catalogação na publicação
Elaborada por Bibliotecária Janaina Ramos — CRB-8/9166

M149i
    Machado, Rao

    A ilha dos despropósitos / Rao Machado; Fernando Sena (Ilustração). — São Paulo: Saíra Editorial, 2023.
    40 p. : il. ; 18 x 23cm.

    ISBN: 978-65-81295-25-7

    1. Literatura infantil. I. Machado, Rao. II. Sena, Fernando (Ilustração). III. Título.

                                                                   CDD 028.5

Índice para catálogo sistemático:
1. Literatura infantil 028.5

Todos os direitos reservados à Saíra Editorial

@sairaeditorial   /sairaeditorial

www.sairaeditorial.com.br

Rua Doutor Samuel Porto, 411
Vila da Saúde – 04054-010 – São Paulo, SP

Agradeço aos meus filhos, Aaron e Thomas, pelas brincadeiras e pelas situações que me dão boas ideias para escrever novas histórias.

Ao meu irmão Ernesto, pois parte desta história foi retirada de um sonho o qual ele me contou.

À minha esposa, Pamella, pela paciência de 18 anos para ver um livro meu publicado.

Ao ilustrador e amigo Fernando Sena, não só pelas ilustrações tão belas, mas pela facilidade em captar e executar ideias.

A toda a equipe da Saíra Editorial.

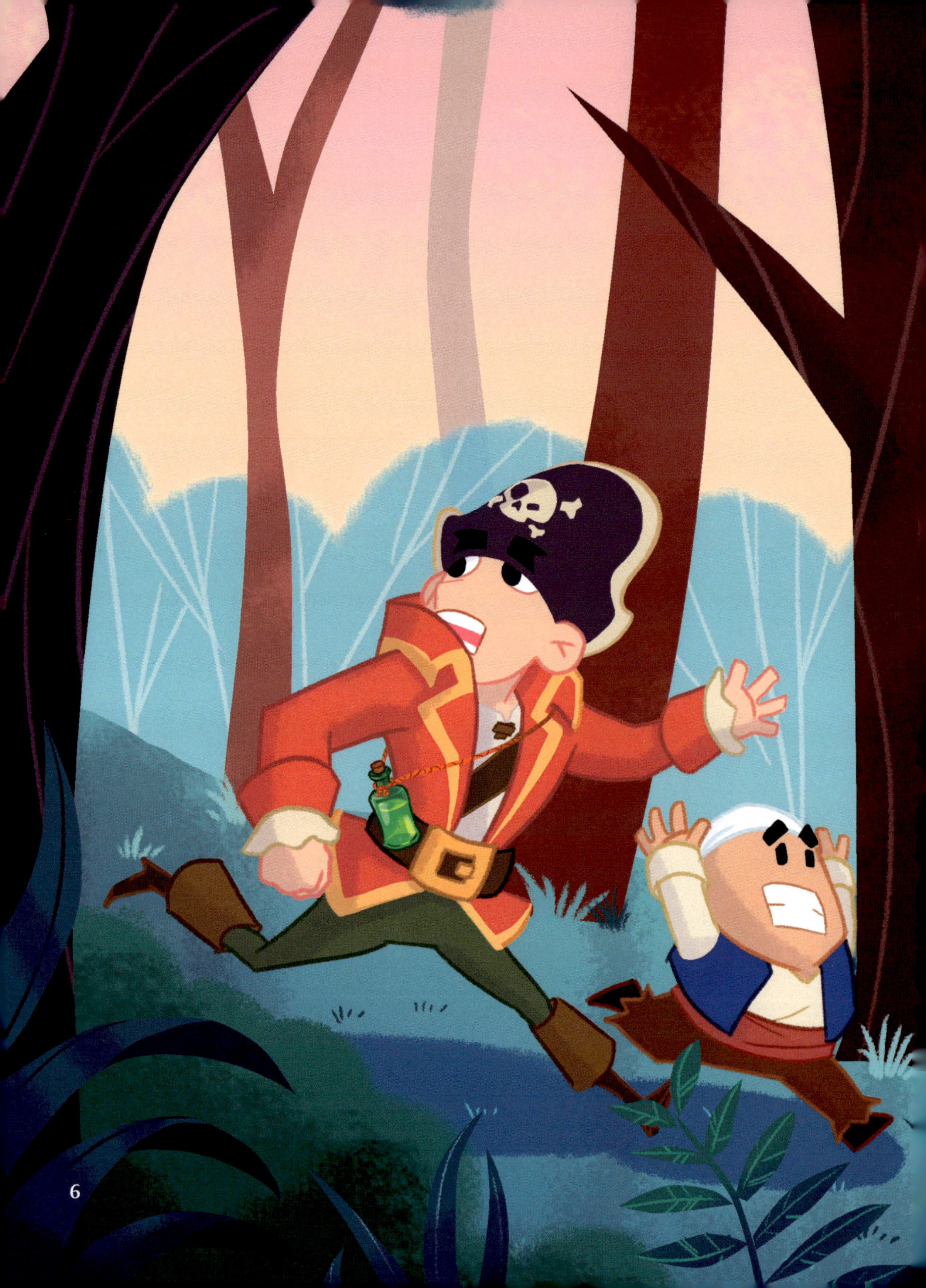

Em uma pequena e esquecida ilha vulcânica no Caribe, o pirata Barba ao Contrário e seu fiel assistente Bandana Branca fugiam de outros piratas, que vinham do Oriente e que, por isso, eram chamados por Barba ao Contrário de "piratas dos olhos miúdos". Eles queriam um item muito precioso que estava em posse de Barba ao Contrário. Mas, diferentemente do que se possa imaginar, Barba ao Contrário não fugia por conta de um tesouro, mas sim por causa de um elixir mágico.

Cansados da fuga, montaram um pequeno acampamento e resolveram passar a noite naquela ilha, mas o descanso duraria pouco.

No meio da madrugada, quando Barba ao Contrário se levantou para aliviar-se, viu no horizonte próximo o inconfundível navio dos piratas do Oriente.

Barba ao Contrário acordou seu amigo, juntaram suas coisas e saíram em disparada para a praia onde estava atracado seu navio. Só que, ao passarem por um desfiladeiro, Barba ao Contrário descuidou-se, e de sua bolsa caiu seu item mais valioso: o elixir. O pirata ficou desolado, porque não teria tempo de apanhá-lo, e os inimigos se aproximavam cada vez mais.

— Vamos! Depressa, Bandana Branca! Se não zarparmos logo, eles nos alcançarão em alto-mar. Vamos nos desvencilhar por entre as ilhas adiante e despistá-los. Malditos olhos miúdos!

— Não fale assim, capitão. Eles são humanos e piratas, assim como a gente.

— Baaah! Besteira! Eu os detesto. Vamos embora logo. Voltarei para apanhar o elixir em alguns dias — bradou Barba ao Contrário.

Barba ao Contrário e seu fiel escudeiro subiram no navio e zarparam. Por alguma razão misteriosa, naquele instante uma enorme névoa subiu pela ilha, o que ajudou Barba ao Contrário a despistar os piratas do Oriente.

Barba ao Contrário nunca voltou para a ilha e nem mesmo os piratas do Oriente se deram conta dela naquela noite. No entanto, nos dias seguintes algo muito estranho aconteceria naquele lugar. O que Barba ao Contrário não percebeu foi que a garrafa do elixir se quebrou na queda, e o líquido caiu sobre pedras e em uma parte de areia, dando vida a pequenas criaturas não maiores que quinze centímetros.

Eles se intitulavam "os guerreiros de pedra" e "os guerreiros de areia". Nasceram sem entender o porquê de seu surgimento e passaram dias batalhando também sem entender muito bem a razão daquela batalha. Lutavam em eterno embate simplesmente por serem uns de pedra, outros de areia. No fim, batalhar parecia ser o único propósito deles.

Os guerreiros de pedra se abrigavam entre a fenda de duas grandes rochas indo na direção *sul* da ilha, enquanto os guerreiros de areia se abrigavam em buracos no chão perto de arbustos e próximos da areia da praia na direção *norte* da ilha.

Os guerreiros de pedra morriam de medo dos macacos, que gostavam de pegar pedras para arremessar e bater umas contra as outras. Já os guerreiros de areia temiam a chuva, pois ficavam lentos e pesados e levavam horas para se secarem de novo. Conhecer os medos do inimigo era uma estratégia para vencer com maior facilidade.

Em comum, ambos os grupos tinham medo da maré alta e dos siris. Por alguma razão inexplicável, os siris gostavam de atacar os guerreiros de ambos os lados. Mas tal problema em comum não fazia com que se unissem. Cada um resolvia seu próprio problema contra os siris.

click-click

Uh-Uuh Aah-Aaah

Como promessa, os guerreiros de pedra diziam: "Um dia vamos fazer deles um pó, mais fino que grão de areia". Do outro lado, os guerreiros de areia: "Um dia vamos deixá-los em milhares de pedaços".

Os dias se passavam, e as batalhas entre esses guerreiros de pedra e de areia se davam pelos motivos mais sem propósito.

Certo dia, os guerreiros de areia apanharam uma garrafa de vidro e passaram a idolatrá-la. Também sem saberem dizer bem o porquê da admiração. Diziam que, a partir daquele instante, a garrafa seria o *mentor* e *grande protetor* de todos os guerreiros de areia.

Os guerreiros de pedra, sabendo do ocorrido, logo trataram de pegar uma rocha vulcânica para também dizerem que tinham um grande mentor e protetor. Então eles se encontraram para contar vantagem...

— Nosso mentor é muito mais bonito que o de vocês. Veja sua elegância e como se enche de luz — mostrava um guerreiro de areia apontando para a garrafa, que refletia o sol. — O mentor de vocês é *bruto* e tem uma *cor* feia.

— Ruuum... — resmungou o líder dos guerreiros de pedra enquanto pensava em uma resposta à altura.

— Seu mentor pode ser mais elegante, mas ele não é mais sábio nem pode prever o futuro. Nosso mentor nos disse que em algum tempo os guerreiros de pedra serão os donos de todo este lugar.

— O quê? O que disse? Não é possível! — Espantou-se o líder dos guerreiros de areia.

— Nosso mentor não prevê o futuro... — cochichou um guerreiro de areia para o outro.

Não restando mais diálogo ou argumentos...

— Atacaaaar!!! — Gritaram os guerreiros de areia.

pow!!

Passados alguns dias, recuperados da última batalha, os guerreiros de pedra depois de muito esforço derrubaram um grande coqueiro no chão e decretaram:

— Deste ponto para trás, tudo é *território* dos guerreiros de pedra. Este coqueiro é a nova *fronteira*.

Quando souberam daquilo, os guerreiros de areia ficaram furiosos, pois para eles restou um pedaço de terra menor e, além disso, eles não gostaram de ver o coqueiro derrubado.

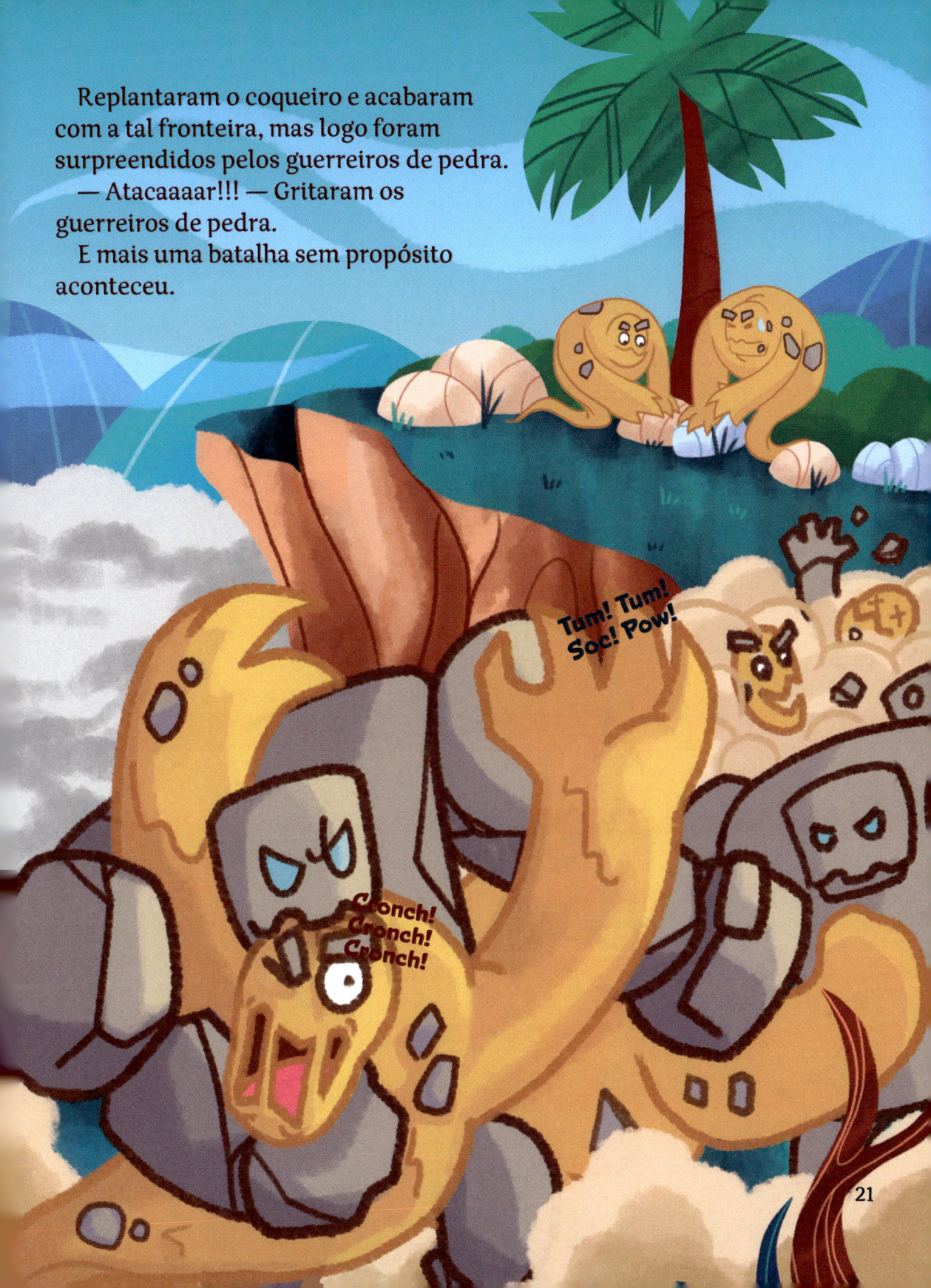

Replantaram o coqueiro e acabaram com a tal fronteira, mas logo foram surpreendidos pelos guerreiros de pedra.
— Atacaaaar!!! — Gritaram os guerreiros de pedra.
E mais uma batalha sem propósito aconteceu.

Passaram-se mais alguns dias...

Numa rara noite de paz, depois de resolverem suas questões de fronteira, guerreiros de pedra e guerreiros de areia contemplavam uma grande e brilhante lua cheia, mas cada um do seu lado. Até que um guerreiro de areia gritou:

— Ao longe, lá no topo, temos um grande amigo dos guerreiros de areia — disse apontando para a Lua. — Ela é toda feita de areia e, portanto, *pertence* aos guerreiros de areia.

— Ora! Não diga tolices. Todos sabem que aquilo é uma grande pedra, de *propriedade* dos guerreiros de pedra.

Depois de se olharem por alguns segundos com os olhos serrados...

— Atacaaaar! — Gritaram de ambos os lados.

Tuuum!!!

E, de novo, outra batalha sem propósito.

Em uma tarde, ao pôr do sol, chegou à ilha pelo mar uma grande bandeira, boiando pelas ondas, com dois brasões de formas e cores diferentes. Os guerreiros de pedra a encontraram primeiro, mas não demorou para os guerreiros de areia estarem lá e brigarem pela bandeira.

Num puxa-puxa daqui e de lá, a bandeira acabou rasgando ao meio, ficando um desenho de brasão para cada lado.

— De agora em diante, este é o símbolo e estas são as cores dos guerreiros de areia — disseram os representantes de areia.

— E este, claro, sendo o mais bonito, será o símbolo com as cores dos guerreiros de pedra — afirmaram, orgulhosos, os representantes de pedra.

— Mais bonito? — Perguntou um guerreiro de areia de cara amarrada. — Note que o nosso símbolo tem estrelas e, quanto mais estrelas, mais importante — concluiu.

— Tem mais estrelas? — Indagou um guerreiro de pedra.

— Atacaaar!!!

POW!!!

PUUFF!!!

Assim os dias se passavam, e as brigas aconteciam pelas razões mais tolas... um navio de passagem, um camaleão, um cacho de bananas, uma rolha de garrafa, a altura das árvores...

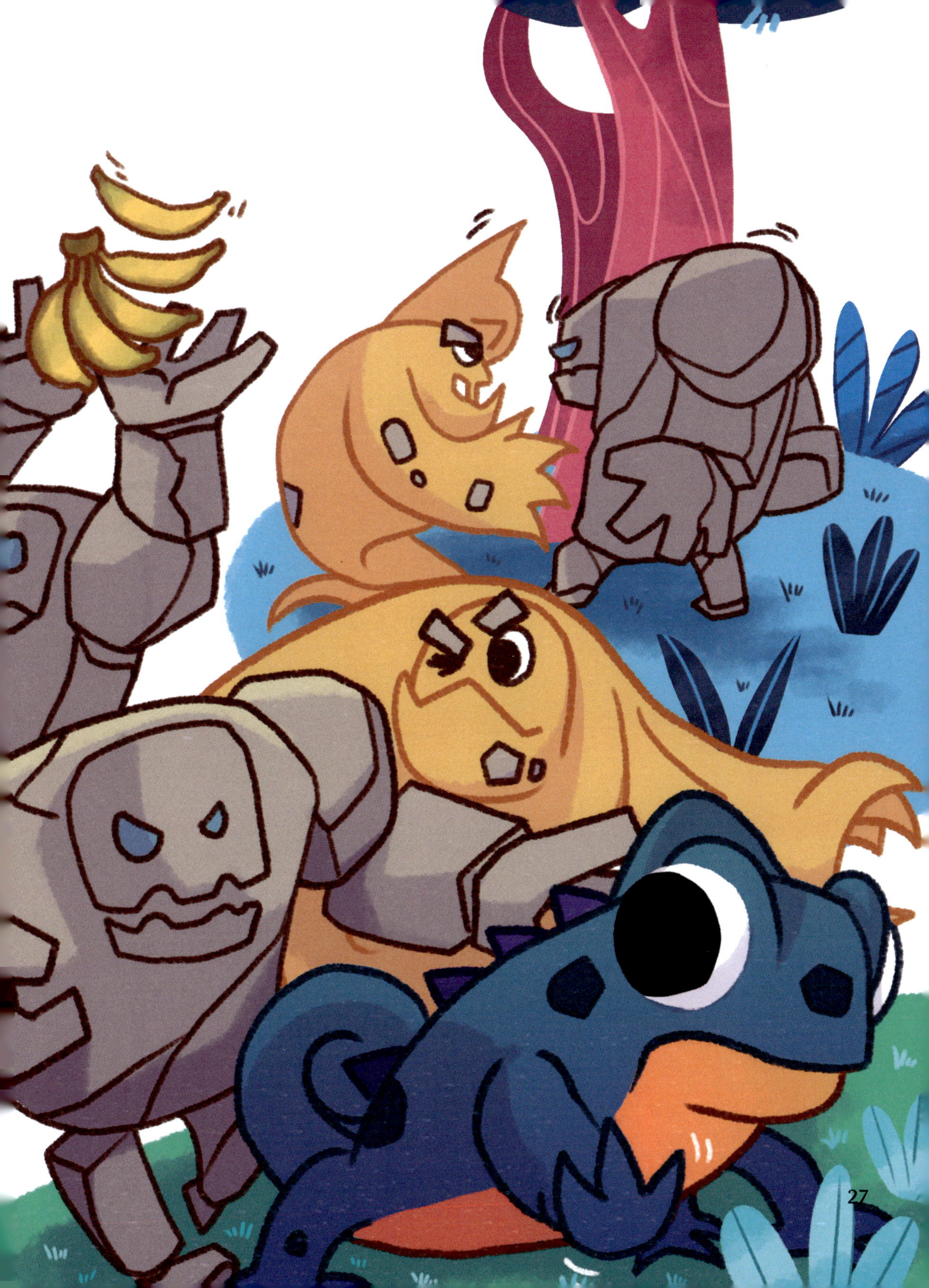

Um belo dia...

Dois pequenos, uma menina de pedra e um menino de areia, alheios e cansados das brigas de seus iguais, resolveram brincar juntos pela ilha. Porém, desavisados, acabaram parando em um local onde acontecia justamente uma grande batalha entre guerreiros de pedra e guerreiros de areia — desta vez causada por uma... estrela-do-mar.

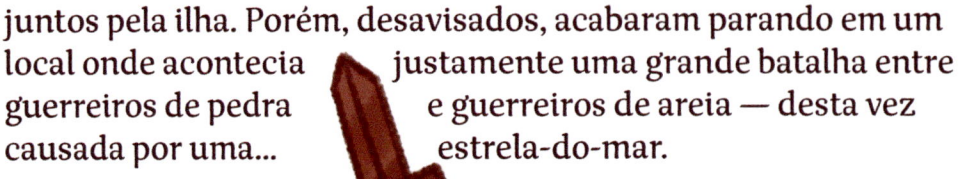

No meio da batalha, o pequeno menino de areia foi atingido por uma grande bomba de água e teve parte de sua perna seriamente comprometida. Sua amiga, a pequena menina de pedra, desesperou-se e correu em seu auxílio. Ambas as crianças gritavam muito. Aquilo chamou a atenção de todos os outros, que pararam com sua batalha no mesmo instante. Quando se reuniram em volta dos pequenos, presenciaram uma cena que deixou todos boquiabertos.

A pequena menina de pedra arrancou dois pedaços de si mesma, duas pequenas pedras. Posicionou-as sobre a ferida de seu amigo e começou a esfregar uma pedra na outra rapidamente, dando origem a um monte de areia. Assim, restaurou completamente o pé ferido.

Aquilo foi um grande espanto para todos. Os guerreiros se olhavam de maneira assustada para depois dar lugar a um olhar desolado e envergonhado.

Agora percebiam que eram feitos da mesma coisa. Percebiam quanto tinham sido ingênuos por brigar por todo aquele tempo e pelas razões mais sem propósito.

Daquele dia em diante, eles uniram seus territórios, seus símbolos e suas cores. Juntaram até mesmo seus mentores. Tanto guerreiros de pedra quanto guerreiros de areia ficaram bem surpresos e felizes quando descobriram mais tarde que algumas rochas nasciam de vulcões e que areia poderia virar vidro. Os pequenos guerreiros olhavam uns para os outros e ficavam admirados.

Era fascinante a ideia de serem feitos de um mesmo elemento e, ainda assim, serem tão diferentes. Eles passaram a se ajudar contra aquilo de que tinham mais medo: os macacos, a chuva e os siris. Uniram-se também para combater agora o maior problema da ilha: o lixo que chegava pelo mar e se acumulava na areia. Os guerreiros juntavam todo o lixo que conseguiam e jogavam dentro do vulcão da ilha. Agora viviam as pequenas criaturas com verdadeiros e nobres propósitos, ajudando uns aos outros.

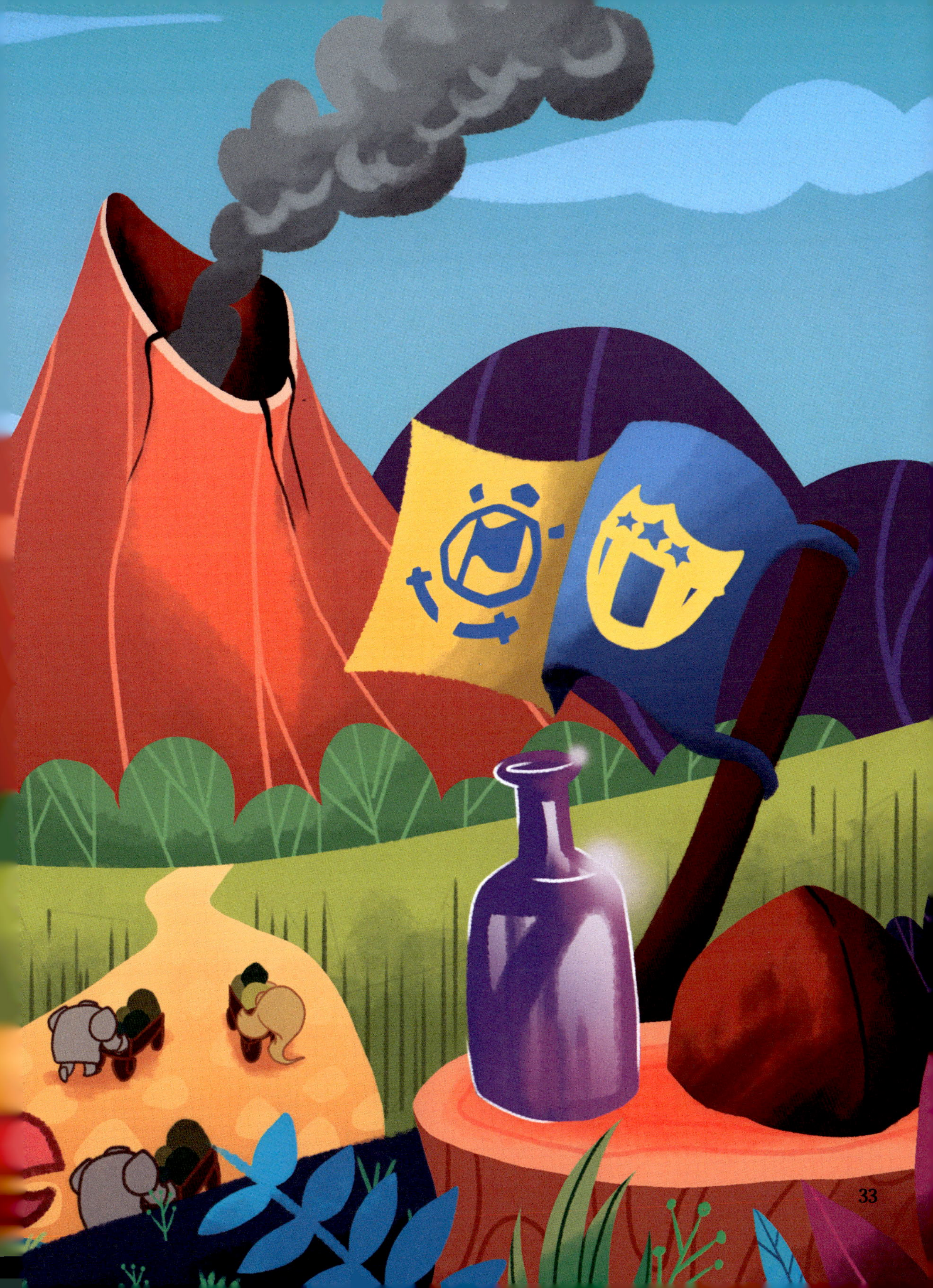

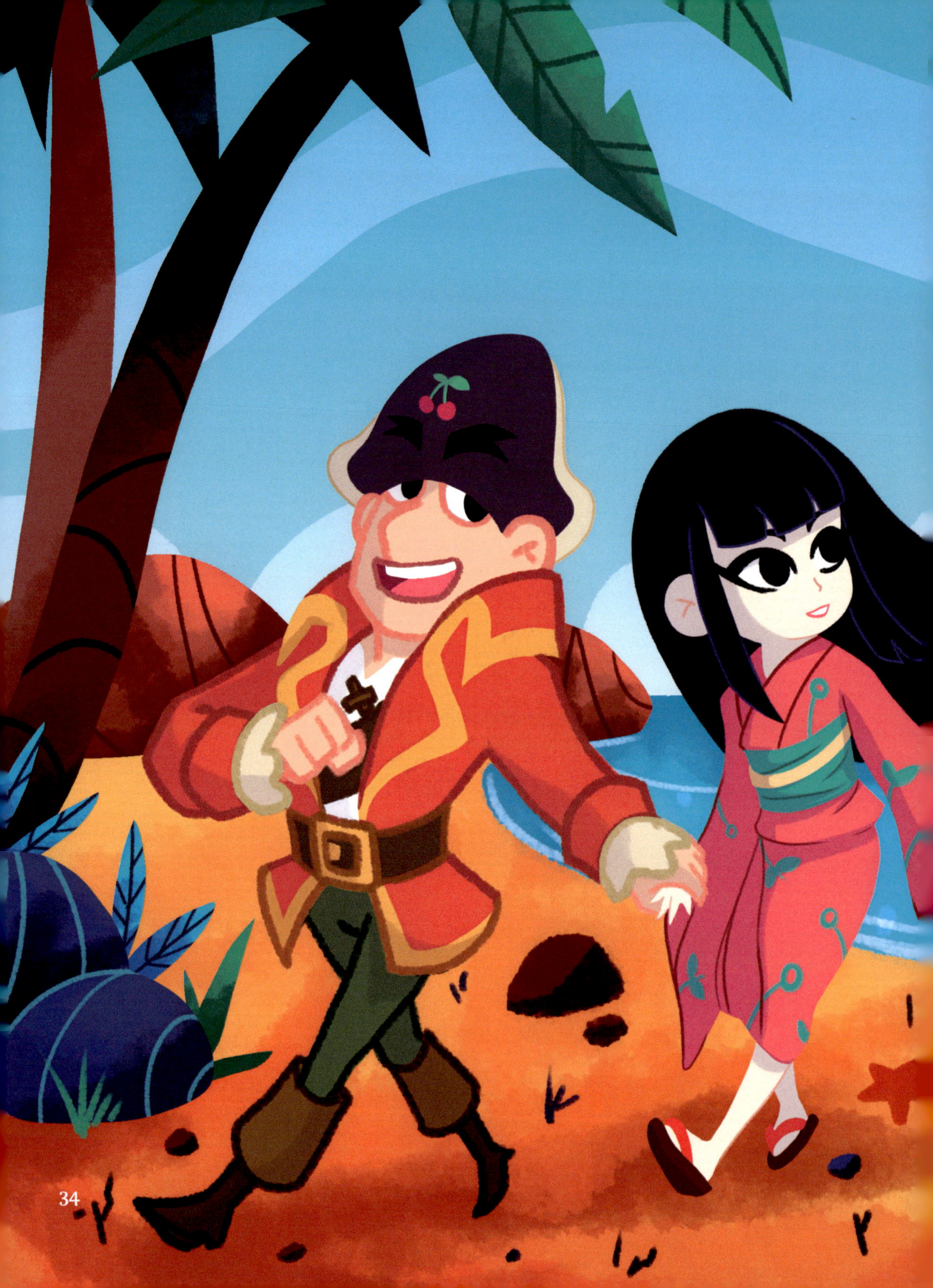

Alguns anos mais tarde, a ilha recebeu a ilustre visita de ninguém menos que Barba ao Contrário, agora acompanhado de sua esposa Leque de Cerejeira, uma linda moça de olhos puxados (ou "olhos miúdos", como dizia Barba ao Contrário lá no passado). O líder, que dizia detestar piratas de olhos miúdos, acabou se casando com uma pirata do Oriente.

Aliás, eles não eram mais piratas: eram mercadores a serviço de um país oriental e não se apropriavam de nada de ninguém. Apenas compravam e vendiam.

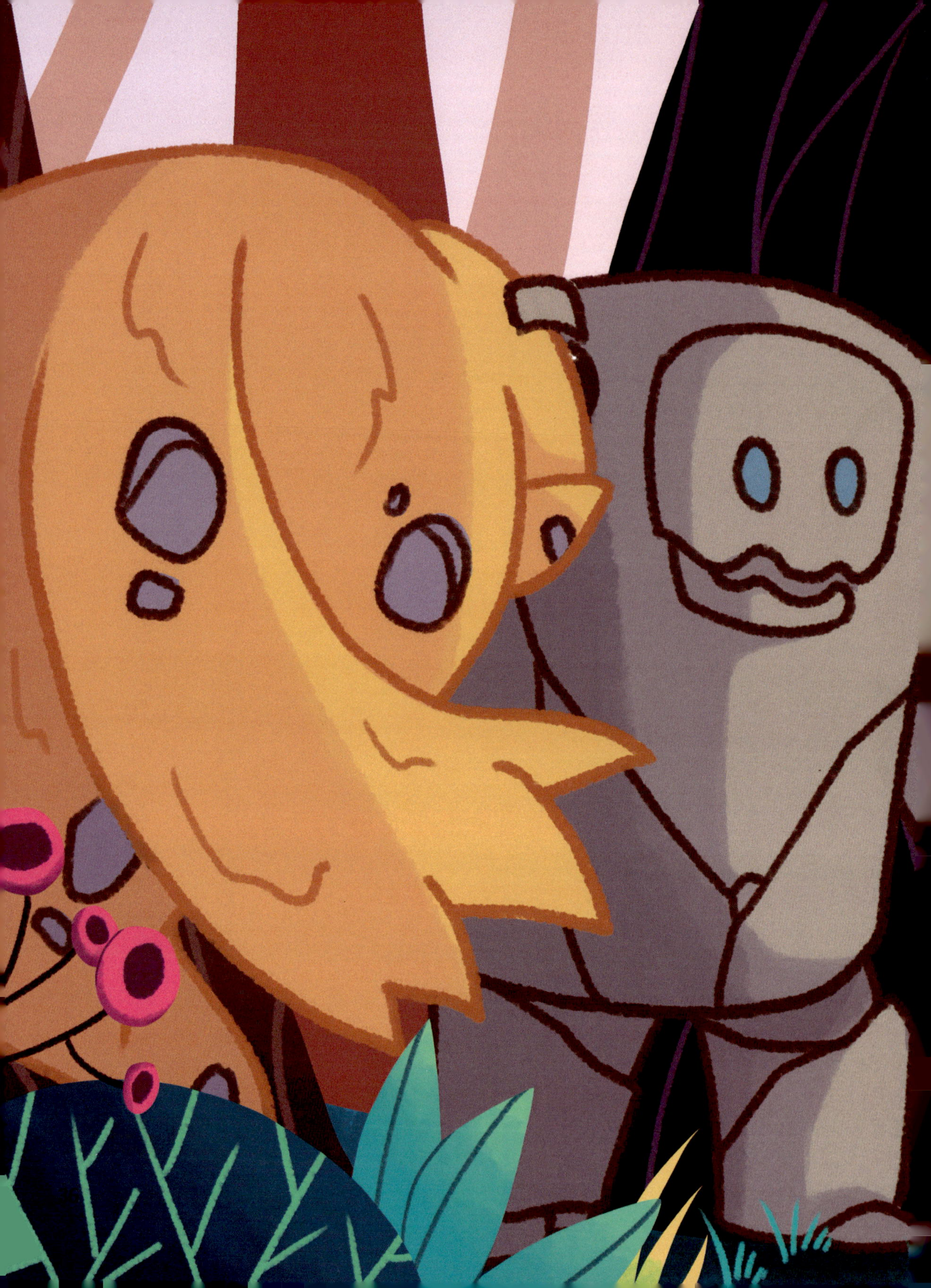

— Pois bem, meu amor. Foi aqui nesta ilha, alguns anos atrás, que eu perdi o elixir mágico enquanto fugia, mas com certeza ele não está mais aqui.

— É uma bela ilha — disse Leque de Cerejeira.

— Poderíamos morar aqui, não acha? — Perguntou Barba ao Contrário arqueando as sobrancelhas.

— Não, Barbinha. Não podemos. Temos de voltar ao trabalho. Temos muita coisa para comprar e para vender — disse a esposa.

Os dois foram embora sob o olhar dos pequenos guerreiros de pedra e dos de areia, que ouviam a conversa bem de perto.

Aliás, eles ficaram bem intrigados com a história do elixir mágico.

Rao Machado

Raoni Machado, mais conhecido como "Rao", nasceu em São Paulo, capital, e é *designer* gráfico. Seu gosto por artes e literatura surgiu por influência de sua mãe e de seu irmão do meio.

Aos 15 anos, mostrou grande interesse pela escrita e desde então escreve de maneira amadora. *A ilha dos despropósitos* é seu primeiro trabalho como autor.

Fernando Sena

Natural de São Paulo, Fernando ainda criança era apaixonado por séries, desenhos animados e quadrinhos, os quais foram responsáveis por levá-lo a começar a estudar desenho e a sonhar em ser um desenhista profissional.

Hoje é ilustrador e *designer* e continua maluco por séries, desenhos e quadrinhos.

Esta obra foi composta em Rumba e Cutlass
e impressa em papel offset 150 g/m²
para a Saíra Editorial em 2023